KB082068

글·그림 아르누니

길찾기

Contents

백작가의 불청객들 1
2024년 05월 22일 초판 1쇄 발행
ⓒarrnuni/KAKAO WEBTOON Studio

글·그림 아르누니
협 력 카카오 엔터테인먼트
편 집 김보람
디자인 김예은
마케팅 이수빈
펴낸이 원종우

펴낸곳 블루픽
주소 (13814) 경기도 과천시 뒷골로 26, 2층
전화 02 6447 9000   팩스 02 6447 9009   메일 edit@bluepic.kr   웹 bluepic.kr

ISBN 979-11-6769-286-3 07810 (1권) 979-11-6769-287-7 (세트)
가격 15,800원

프롤로그

루넌트 왕국
아그리스 동부,
대저택 라크밸리.

이곳에서

드넓은 영지와
오랜 역사를 자랑하는
필데트 백작 일가가
살고 있다.

웅성

웅성

필데트 백작 부인 말이에요.

겉모습은 세상 누구보다 도도하고 우아한데

새가 알을 낳는 게 아니라 포유류처럼 새끼를 낳는 줄 알더라고요.

합격한다해도 이 집에서 일해도 될지...

도대체가···

제가 달걀이 어떻게 나오는지 아냐고 물었더니

대화해보면 놀랍도록 교양이 없더라고요.

뜬금없는 말도 하고요.

백작 부인께서 뭐라셨는데요?

글쎄, 닭은 새가 아니라는 거 있죠?

닭은 새가 아니잖아요.

예?

닭은 못 날잖아요.

파닥

파닥

?!

잠시만, 저도 헷갈리기 시작···

벌컥

거기 당신, 파란 재킷.

저, 저요?

당신이 합격이에요. 내일부터 내 아들에게 어쩌고 문학을 가르치도록 해요.

스윽...

필데트 백작 부인,
라니아 그루먼드 필데트

네, 네! 고대 신화와 문학이요!

정말 감사합니다!

저, 부인?

실례지만
제가 왜 합격했는지
여쭤도 될까요?

전 다른 분들에 비해
경력도 부족한데
이런 행운이
믿기지 않아서요.

레프리드 양,
면접에서
제가 물었죠.

만약 당신 남편이
바람을 피운다면
어떻게 할 거냐고.

그때
당신 대답이
뭐였죠?

…맞바람을
피울 거라고요?

그게 마음에
들었어요.

철컥

게약

헉헉

아앙—

?

흠칫

!

이런 제기랄!

젠장!

역겨운 자식!

게약—

말이 심하네—

베네딕트, 못 본 척해 줄 거지?

나의 고귀한 파이크 자작 부인께서 여자 문제는 더는 안 참겠다고 했거든.

이봐, 해리슨.

방금 그 여자,
네가 추천해준답시고
데려온 교사 후보 아냐?

추잡한 짓도
적당히 해, 해리슨!
그것도 내 집무실에서!

…네가
그런 말을 하니까
재밌네.

뭐?

알면서
뭘 그래.

즐길 건 다 즐겨놓고
나이가 드니
점잖게 굴기로
한 거야?

17대 필데트 백작,
베네딕트 그루먼드 필데트

하!

상대할 가치를
못 느끼겠군.

끼익一

예예一

그 여자 데리고
이 집에서
썩 꺼져!

탕一

내가
점잖게
군다고?

여기저기
사생아나
만들고 다니는
쓰레기 자식이.

끼익

벌컥

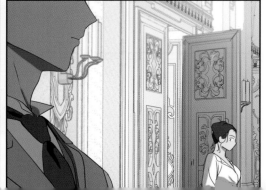

똑똑한 여자가 이상형이라더니, 오늘 아주 축제가 따로 없겠어.

또각

또각

잘 배운 교사 후보들이 집안에 가득하니 아주 정신을 못 차리겠지?

이참에 다시 입학하는 건 어때.

듣자 하니 하녀장의 아들이 다니는 학교에선 가끔씩,

선생이 채찍으로 엉덩이를 때린다던데.

아— 물론 말 안 듣는 남학생에겐 매가 약이란 뜻이지, 다른 뜻은 없어.

······.

난 그런 저질스러운 취미도 없고,

집무실에선 내가 아닌 해리슨이 여자와 뒹굴고 있었어!

파이크 자작이?

그래, 기다려 봐. 곧 해리슨이 따라 나올 테니까.

해리슨!
이 빌어먹을 자식,
빨리 안 기어 나와?!

잠깐!

……

오늘 어쩌고문학 선생님을 뽑았단다.

정말요?

가치관이 훌륭해

해리슨!!

…여러모로
문제는 많지만

사랑스러운
헤이든을 중심으로

어찌어찌
평화를 유지해 온

필데트 백작 가족!

하지만
이들 가족을
거세게 뒤흔들
불청객들이

자꾸만
찾아 오는데!

아그리스 행으로.

아그리스 행으로
부탁해요.

아그리스 행이요.

아그리스 행으로
주시겠소?

백작가는
앞으로도 계속
평화로울 수 있을까?

제 1 화

The Unwelcome
Guests of
House Fildette

항간의 소문에 의하면

현 세대 필데트 백작가는
오랜 역사와 명성에 비해

품위가
부족하다고 한다.

먼저 내 아버지
베네딕트 필데트
그루먼드 백작은

루넌트 왕국에선
손에 꼽힐
미남이지만

결혼 전부터
여자 관련 소문이
도는 모양이다.

역시나 아름답고
기품이 넘치는
내 어머니,
라니아 필데트
백작 부인은,

글쎄,
뭐가 문제인지
난 잘 모르겠다.

물론 가끔씩 엉뚱한 농담을 하시긴 하지만—

저는 당근 케이크를 너무 좋아해서

집 앞에 당근 나무를 심고 싶을 정도랍니다.

그런데 당근은 과일인데도 씨앗이 없다는 게 신기하지 않으세요?

푸

어머, 괜찮으세요, 레프리드 양?

콜록

네, 너무 급하게 마셨나 봐요.

콜록

부디 헤이든 앞에서는

그런 경거망동은 보이지 않도록 해요, 레프리드 양. 애가 보고 배우니까.

네, 주의하겠습니다, 마님.

가끔씩 일부러 저러시나 싶다니까….

사실 난
사람들 사이에서
우리 가족의 평판이
어떤지 따위는
딱히 신경쓰지 않는다.

신을 닮은
아킬레우스여!
그대가 아무리
용맹하다 한들

날 이런
얕은 수로
속일 생각은
그만두시게.

중요한 건
시시때때로 변하는
타인의 시선이
아니라

가족이란
울타리 안에서의
내 역할과 의무니까.

세상에,
이제 어려운 문학까지
술술 해석하는구나!

정말 습득이 빨라,
헤이든!
넌 천재란다!

그래봤자
나를 속이지도
설득하지도
못할 거요.

설마 그대는
보물을 쥐고
있으면서

훌륭한 선생님께
교육받았으니까요.

그렇게 말해주니
정말 고맙구나,
헤이든.

이따 연회에서
피아노 연주를
한다면서?
기대할게.

나는 내 것을
빼앗기고도
가만히 있길
바라오?

네,
기대해도
좋아요!

후….

다행히
완벽했어.

스윽

짝

짝

짝

짝 짝

짝

짝 짝짝

짝

브라보!

와아

짝

짝

내 이름은
헤이든
그루먼드 필데트.

브라보,

짝

짝

짝

짝

나는
그 누구도
부정할 수 없는,

필데트 백작가의
보물이다.

겨우 12살인데도 인품도 훌륭하고 어찌나 명석한지,

아름다운 백작 부인을 쏙 빼닮아 잘생기기까지 했죠.

백작이 틈만 나면 아들 자랑을 하는 이유가 있었군.

……

하지만 저 아이도 결국엔 비상식적인 부모 아래서 비뚤어질 수도….

여보, 목소리 좀 낮춰!

백작가의 연회에 와서 백작가를 험담하다니.

예의 없는 건 둘째 치고, 쓸데없는 걱정을 하네.

부모 때문에 자식이 비뚤어지는 건

말 그대로 부모가 자식에게 의무를 다하지 않았기 때문이다.

그러니 내가 비뚤어질 일은 결코 없을 것이다.

두 사람은 서로에게
좋은 배우자는 아닐지라도,

내게는 더할 나위 없이
훌륭한 부모님이니까.

그리고 나는
이 두사람을 사랑한다.
아주 많이.

물론 가끔씩,
엄마가 술에 취해
아빠 험담을 할 땐
조금 괴롭지만….

푸훕!

얘는!

그래, 뭐—
틀린 말은
아니지만,

난 애인이
필요할 만큼
따분하지 않단다.

내일은
우리 아들이
얼마나 더
사랑스러울지

엄만 말이야,
매일 밤 자기 전에
소풍을 가는 아이처럼
들뜨곤 해.

상상만 해도
너무 행복하거든.

사랑한다, 내 ○
헤이든.

책에서
자주 보았던
구절이 있다.

"구성원이 완벽한 집단은 없다."

"하지만 구성원에게
같은 목적이 있는 한,"

할아버지는 훌륭한
신사였다고
들었어요.

백작 부인만
쏙 빼닮은 줄
알았는데

커갈수록
선대 백작의
얼굴이 보이는구나

그런가요?

"그 집단은 견고할 수 있다."

이를테면 나는 내 가족에게
그 목적과도 같은 것이다.

우리 가족은
견고하게 유지된다.

저벅

저벅

랜든이?
무슨 일로?

또 휴가를
나오는 건
아닐 테고.

주인님,

방금
랜든 경으로부터
전화가 왔습니다.

내일
온다는군요.

오늘 아침 신문을
보시면 아시겠지만,

랜든 경이
소령으로 진급한
모양입니다.

그에 따라
포상 휴가도
받았다는군요.

그래?
흠.

고마워, 나오미.
헤이든은 지금
어디에 있지?

아직 침실에
계신 것으로
압니다.

저벅

저벅

저벅

저벅

헤ㅡ

너도 봤지?

네 아빠가 어제 연회에서 여자들에게 둘러싸여서 시시덕거리는 거 말이야.

분명 여자들에게 호감 좀 사보겠답시고 수준 낮은 농담이나 던져댔을 거야.

그렇지 않고서야 여자들이 그이 앞에서만 깔깔댈 리 없잖니?

아직도 저가 열여덟 사관 생도인 줄 아는지…

정말 철딱서니 없어!!

그 인간이 여자랑 뭘 하든 난 신경 안 써.

하지만 사람이 자리를 가릴 줄도 알아야지. 명색이 백작인데!

아빠는 가만히 서 있기만 해도 귀부인들이 몰려들어 말을 걸지만….

엄마가 많이 속상하셨겠네요.

그러니까 말이야. 게다가 사람들이 날 얼마나 우습게 여기겠—

탕!

헤이든!

탕!

헤이든, 잠깐 나와 보렴!

…나가 보렴.

네.

불길해….

다 들으셨으면 어떡하지?

끼익

무슨 일이세요, 아빠?

잠깐 얘기 좀 할까?

옷은 갖춰 입을 필요 없다.

네에….

네 삼촌에게서 편지가 왔단다.

소령으로 진급해서 특별 휴가를 받고 내일 온다는구나.

랜든 삼촌이…
그렇군요.
축하할 일이네요.

하시려던 말씀이
삼촌에 대한
소식이에요?

……

네 엄마가
저런 지
얼마나 됐니?

네?

네 엄마가
널 붙잡아 놓고
내 욕을 한 지
얼마나 되었냐고.

……

역시 들으셨구나.
이걸 어쩌지?

자주 하진
않으세요.
그냥 가끔…

속이
상하실
때마다.

그럼 가끔이 아니겠구나.
네 엄마는 날 볼 때마다
화가 치미는 모양이니까.

나, 참.
아무리 그래도
자식 앞에서 아비를
철딱서니 없다고
하다니.

네가 고생이 많겠구나.

네 엄마에겐 내가 잘 말하마.

아빠, 전 괜찮아요.

괜찮다고?

서운한걸.

난 상처란다. 내가 사랑하는 아들이 나에 대한 심한 비난을 듣는 게.

아….

죄송해요. 상처주려던 건 아니었어요.

맹세컨대 헤이든, 난 결혼한 후로 단 한 번도,

다른 여자와 부정을 저지른 적이 없어. 네 엄마는 안 믿겠지만 말이야.

헤이든, 심지어 난—!

물론 나도 결혼 전에는…. 하지만 그마저도 다 여자들이 먼저 다가온 거라고.

…….

……?

…….

…아니다, 됐다.

주인님!

로크 씨와의 약속 시간이 다 되어갑니다!

오늘 밤엔 술을 엄청 드시겠네요.

오늘 로크 씨와 약속이 있으셨나요?

…뭐, 그렇겠지. 술독 그 자체인 인간이니.

방금 일은 잊고 로크 씨와 즐거운 시간 보내세요.

제가 엄마한테 직접 말씀드릴 테니까요. 아빠에 대한 비난은 줄여 주시라고.

그리고 엄마 앞에서 제가 엄마 편을 든다 해도,

제가 정말로 아빠를 싫어할 리 없다는 것도 알아 주세요.

…그래. 고맙다.

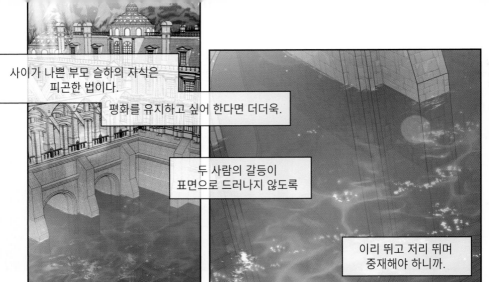

사이가 나쁜 부모 슬하의 자식은
피곤한 법이다.

평화를 유지하고 싶어 한다면 더더욱.

두 사람의 갈등이
표면으로 드러나지 않도록

이리 뛰고 저리 뛰며
중재해야 하니까.

하지만
엄마의 마음을
이해 못 하는 건 아니야.

귀족 영애들을
무례하게 대할 수도 없는
아빠 입장도 이해는 해.

그래도 조금쯤은
쌀쌀맞게 굴어도
되지 않을까?

어쨌든 아빠의 그
시무룩한 표정을
본 이상,

상처 받은 아빠를
그대로 그냥
둘 수는 없어.

후우

정말이지,
커다란 애 둘을
키우는 것 같다니까.

오늘 밤은
도망가지 말고
술 주정을
들어드려야 하나….

이 순간에는 전혀 깨닫지 못했다.

헤이든.

아빠도
풋내기 시절에
첫사랑 비슷한 게
있었단다.

폭풍 전야,
커튼 뒤에 가려진
낡은 유리창 만큼이나

연약하기 그지 없는
나의 평화를.

제 2 화

헤이든.

딸꾹

딸꾹

아빠도
풋내기 시절에
첫사랑 비슷한 게
있었단다.

딸꾹

네 엄마가
날 비난하는 것도
다 그 때문이라고.

잘 알지도
못하면서
말이지….

하지만 나도
오랜 시간 혼자
괴로워했단 말이다….

딸꾹

엄마에겐
죄송하지만

아들인 내가
아빠의 사랑 얘길
들어드리지 못할 건
없겠지.

첫사랑이라….

뭐든
말씀하세요,
아빠.

딸꾹

아직 네가 어려서
이런 얘길 해도 될지
모르겠지만

이렇게라도
털어놓고 싶은
나의 괴로움을
부디 이해해 주렴.

딸꾹

네가
태어나기도 전의
일이야….

그녀의 이름은
로라 플로쳇.

영지의 고아원에서
독서를 가르치는
교사였단다.

아버지가
다리를 다쳐
누워지내실 적,
당신이 지루하실 때마다
로라를 불러
책을 읽게 했는데

그 시간이
꽤 유익했는지,

내게
로라와 함께
책을 읽으라 하셨어.

로라에게
어려운 문학의 해석 따윌
배우라면서 말이야.

헤이든, 당시 난 성년식을 앞두고 있었고,

내 또래의 여자에게 가르침 따윈 받고 싶지 않았단다.

따분해하고 지루해할 거란 건 알아요.

그러니 그냥 자도 상관없지만,

난 시간 당 꽤 많은 돈을 받기로 했으니까 마땅히 내 일을 해야만 해요.

그러든지 말든지.

……

이 책의 저자,
오멘스는 말이죠.
태어났을 때부터
귀가 안 들렸어요.

거기다
절름발이이기까지 했죠.
그런데—

왜 아버지가 그녀에게
책을 읽게 했는지
알 것 같았어.

목소리가 편안하고
듣기 좋은 데다

햇살에 나른해지는 와중에도
너무나 선명하게 들려서

그녀의 말 한 마디조차
놓치기 어려웠지.

…결국 그 친구가
배신한 거예요.

책을 읽었다면
알겠지만, 그 친구랑
이 책의 피오라는
인물의 이름이
똑같 —

허튼 소리 마.

오멘스는 대문호야.

창작을 하는데
그런 사적인 감정을
담았을 리 없잖아.

작가의 사적인 경험은
창작에 아주 중대한
영향을 끼쳐요.

때론 그게
창작의 동기가
되거든요.

그래, 생각보다는…
그리 따분한 시간이 아니었지.

로라는
책이 알려주는 것보다
훨씬 더 많은 걸
알고 있었거든.

좋은 안내자와 함께
책 속을 여행하는
기분이었어.

로라는 수수하고
딱히 예쁘지는 않았지만

책에 대해 이야기할 땐
눈에서 반짝반짝
빛이 나곤 했지.

보석을
발견한 것처럼.

언젠부턴가,
그 눈을 보고 있자면…

!

팅!

철부지 어린 소년이
된 것 같은 기분이 들었어.

뿔-뿔-뿔

……

찌릿!

…오늘은
책만 읽기엔
아쉬울 정도로
날씨가 좋네.

로라,
잠깐 산책하지
않을래?

…흠.
잠깐이라면.

선물이라기엔 뭣 하지만….

양산?

그… 거리의 상점에서, 요즘 여자들에게 필수품이라길래.

잘 어울려.

초여름의
감정이었단다.

네게.

아직 무덥지 않은,
싱그럽고 산뜻한….

......

큭큭,
이번엔
진짜 놀랐지?

흐윽, 흑

윽,
흐윽….

흑,

…로라?

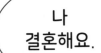

나
결혼해요.

로라,
미안해.

돈도 많고
나이도 나보다
20살이나 많은
남자랑….

내가 사생아라서…
이런 결혼밖에
할 수가 없대요.

베네딕트….

말하지 않아도
그녀의 눈빛만으로
알 수 있었어.

내가 구해주길
바라는 그 마음을.

차라리 그때
로라를 외면했으면
좋았을 텐데.

아버지께서 찾으시겠다.

머리 많이 헝클어져 보여요?

…평소랑 비슷해.

금방 다시 볼 수 있으면 좋겠어요.

베네딕트.

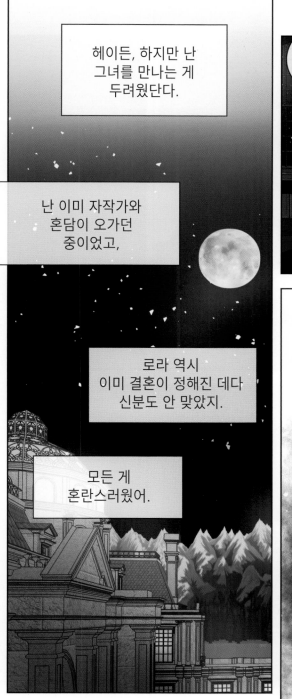

헤이든, 하지만 난 그녀를 만나는 게 두려웠단다.

난 이미 자작가와 혼담이 오가던 중이었고,

로라 역시 이미 결혼이 정해진 데다 신분도 안 맞았지.

모든 게 혼란스러웠어.

남자로서 로라를 사랑하는데

그녀가 평민이고 사생아인 건 중요하지 않아.

하지만,

백작의
후계자로서는….

꼴사나운
짓이지.

결국 난 로라를 만나
적당히 달래기로 했어.

원치 않는 결혼이 꼭
불행한 미래를 암시하는 건
아니라고.

우리는 책을 함께 읽는
좋은 친구로 남자고.

로라!

베네딕트,
오랜만이에요.

얼른,

얼른 들어와서
인사드려, 클레어.

뭐야?

설마
나랑 상의도 없이
새 독서 교사를—

베네딕트,

제 3 화

…뭐?

클레어도
저 만큼이나
불행한 결혼을 해요.

아버지뻘의
음흉한 남자에게
거의 팔려가듯….

끔찍해요.
저를 보는 눈빛이
마치 먹음직스러운
음식을 보는 것처럼….

베네딕트, 그런 남자가
첫 경험 상대라는 건
여자로선 끔찍한 일이에요.

남자들만
아름답고 어린 상대와
결혼하고 잠자리하고
싶은 게 아니에요.

그건 여자들도
마찬가지라고요.

허…?

도대체 이게
뭐 하자는
짓이지?

…누구나
처음은,

사랑하는 사람과
함께 하는
자상하고 따뜻한
경험이길 바라죠.

상대가
사랑하는 사람이
아니라면 적어도,

젊고 잘생긴
사람이길
원해요.

베네딕트,
당신은…
정말 잘생겼어요.

미소도 홀릴 정도로
매력적이고
고귀한 데다
우아하기까지 하죠.

그래요,

원래라면
우리 같은
여자로서는
감히….

가까이
갈 수 없는
존재지만.

사뿐

로,

지난 번엔
정말 황홀했어요,
베네딕트.

당신이 내게
베풀어준 자비
덕분에….

제 남편과의 첫날밤은
그리 두렵고 끔찍하지
않을 것 같거든요.

…자비,

자비라고?

아마 클레어에게도 큰 도움이 될 거예요.

당신이 거절한다면 어쩔 수 없지만.

...하,

아하하하하!

하하하하!

황당하긴 해도 차라리 다행인가.

혹여나 날 붙잡고 애원이라도 하면 흔들릴까 봐 걱정했는데,

이토록 분수를
잘 알고 있다니!

하지만 감히 날
이용하려 드는 건
괘씸해.

날 간절히
원했던 주제에.

인제 와서
저딴 헛소리를 하는 것도
마음에 안 들어!

좋아.

날 상처주고 싶었다면
실패했어, 로라.

나의 진실한 친구
로라의 부탁이니

이 정도의 자비는
기꺼이 베풀어
줄 수도 있지.

이딴 수작질로
상처받고 비참해지는 건
바로 너일 테니까.

……

…그럼,

좋은 시간
보내시길.

끼익

탕...

저벅

저벅

저벅

저벅

저벅

저벅

저벅

로라!

만약
내가 오늘

널 사랑한다고
말하기라도 했으면
어쩌려고 그랬어?

······

미안하다고
말했겠죠.

황당하긴 해도
로라 말이
딱히 틀린 건
아니잖니?

여자도
어리고 잘생긴 남자와
잠자리할 권리가
있다고.

나야 그저
로라를 자극하고자
그녀들을 이용했을
뿐이지만.

…내가 지금
무슨 소릴 들은 거지?

이건 풋풋한 첫사랑 얘기가
아니잖아.

내가 이런 얘길
계속 들어도 되는 걸까?

저, 아빠….

빌어먹을 로라는
내가 잊을 만하면

불행한 첫날밤을
보내야 할
가여운 처녀들을
내게 데려왔고

도대체
이유를 모르겠어.
로라가 떠난 후로….

왠지 모를
비참한 기분을
자주 느끼긴 했지.

그래,

비참했어.

분명 내가…
내가 로라를
버리려고 했는데.

난 로라를
그렇게까지
사랑하지도 않았다고.
그랬는데….

마치 내가 …!

버림 받기라도
한 것처럼…!

도대체 내가 왜
이런 기분을
느껴야 하지?!

…아빠를
어떻게 위로해드려야 할지
도무지 모르겠어.

하지만 어쨌든 그 후에
내가 태어났다는 건….

헤이든,
심지어 나는

네 엄마와도 잠자리한 적이 없단다.

그런데 언제부턴가 네 엄마의 배가 부르더니 네가 태어난 거야!

근데 내 아들이래!

하하! 내게 이런 전지전능한 재능이 생길 줄이야.

한 침대에 누운 걸로 뚝딱 애를 만들어 내다니!

난 가끔씩 네 엄마가 성스러워 보인단다. 혹시 마리아가 아닐까?

오늘은 엄마 때문에 화도 나셨고,

평소보다 많이 취하셔서 짓궂은 농담을 하시는 걸 거야.

내가 아빠 편을 안 들어줘서 내심 서운하셨을지도 모르지.

하지만 그렇다 해도 이건 너무···.

그런데요, 아버지.

멈칫

노부인들께서, 제게서
돌아가신 할아버지의 모습이
보인다고….

......

설마,

네 엄마가
빌어먹을 내 동생 놈과
붙어 먹은 건 아니겠지?

랜든이야말로
네 할아버지와
판박이….

아…….

못 들은 걸로 하렴. 전부 장난이란다.

장난이라고요?

그래. 네 엄마가 마리아니 어쩌니 한 건 다 장난이야.

다신 이런 장난은 치지 않겠다고 약속하세요.

제 앞에서 어머니를 모욕하시는 것도요.

…약속하마.

이제 정말 자렴.

어떻게
이런 장난을
치실 수가 있지.

아빠의 동생은
랜든 삼촌뿐이잖아.

랜든 삼촌은…….

아빠 덕분에
안 그래도
보기 싫은 사람이
더 꼴보기 싫어졌어.

꾸욱

…그냥 잊어버리자.

잊었어, 헤이든?

넌 우리 가족의 중심이야.

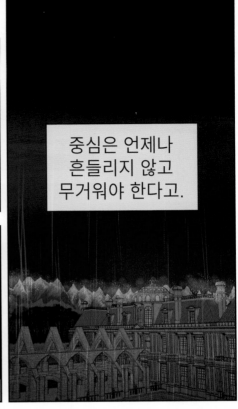

중심은 언제나 흔들리지 않고 무거워야 한다고.

째깍

째깍

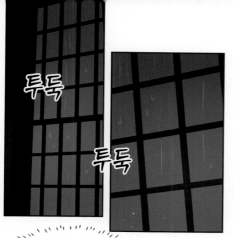

투둑

투둑

비가 오잖아?

낮에 오두막에서
책을 읽을 때
창문을 열어두고선
그대로 됐는데

랜든 삼촌은
휴가를 나올 때마다
늘 오두막에서 지내지.

몰라,
싫은 소리 좀
듣지 뭐.

싸아아

쏴아아

라니아….

쏴아아

나만 흔들리지 않으면

우리 가족은 견고하게….

제 4 화

랜든.

너 이제
전역할 생각은
아예 없는 거냐?

전쟁도
진작 끝났겠다,
이제 아그리스의
치안대를….

도대체
몇 번을
말합니까?

전쟁이 없어도
군인은
필요하다고요.

그리고 아직도
접경 지역은
문제가 많아요.

최근엔
밀수업자들을
대대적으로
소탕했죠.

또 전쟁이란 건
언제 어떻게
발발할지
알 수 없는,

폭발 직전의
불꽃 같은 것
아니겠습니까?

랜든은 벌써
소령이야.

국왕에게
인정받은 인재한테
전역이니 뭐니,

무례하단 생각
안 들어?

사생아치고는
엄청나게
출세했긴 하지.

칭찬이란다.

…모를 리가요.

랜든 삼촌은,

언제
결혼하실
거예요?

결혼하실 나이가
한참 지났잖아요.

새파랗게 어린
꼬맹이 입에서 설마
내 결혼 이야기가
나올 줄이야.

네가
신경 쓸 일은
아니란다.

그래,
헤이든.

네가 굳이
걱정할 필요
없단다.

랜든 삼촌에겐
이미 애인이
있거든.

그렇지
않고서야

휴가철마다
꼬박꼬박

이 먼 곳까지
내려올 리 없잖니?

내 얼굴을
보고 싶은 건
절대 아닐 테고.

하하하하하!

역시!

형님은
예리하시군요!

그럼요.

제게는
사랑해 마지않는,
아주 아름다운 여성이
있답니다.

저는 고대하고
있어요.

그분과
영원의 서약을
할 순간을.

거 봐라,
헤이든!

걱정할 필요
없다니까.

랜든은
우리 영지 최고의
신랑 후보라고.

랜든,
다음에 그 여성을
데려오도록 해.
기꺼이 초대하마.

예.

머지 않아
좋은 소식
들릴 겁니다.

…좋은 소식?
영원의 서약?

들었지, 헤이든?
넌 정말 아무 걱정—

헤이든,
아까부터 안색이
안 좋아 보이는구나.

어디
아프니?

…피곤해서
그래요.

먼저
올라가서
쉴게요.

그래.
그러렴.

두둑

저벅

저벅

나오미를
제 방으로
보내주세요.

부탁할 게
있을 것 같네요.

…그래.

탁

저벅

저벅

......

제발….

내가 언제 본 게
꿈이었으면 좋겠어.

두 사람…
도대체 언제부터였을까?

만에 하나
정말로…

정말…
아빠가 하신 말씀이
사실이라면….

난
랜든 삼촌이
정말 싫어!

도대체
언제부터
그딴 법이
생긴 거냐?

작년부터요.

제가
아빠께
부탁드렸어요.

사람들이
흥미 본위로
동물을 죽이지
않았으면 해서요.

이 숲에선 사냥이
금지되어 있다고?

네가 오늘 먹은
스테이크도
예전엔 살아 있는
생명이었을 텐데?

맛있게 먹는 것 또한
인간의 흥미 본위
아닌가?

먹는 건 생존과
직결되는 문제니까
다르죠.

고기를
안 먹는다고
죽지는 않지.

엄마도 잠깐
흔들리신 것뿐이야.
너무 따분해서….

흔들리지 말자.
변하는 건
아무것도 없어.

나는 백작가의
후계자고,
엄마와 아빠의
소중한 아들이야!

똑똑

헤이든,
잠깐 들어가도
되겠니?

끼익

들어가마.

저벅

헤이든,
자니?

정말
피곤했나
보구나.

저벅

어젯밤엔 아빠가
술에 많이 취해서
네게 이상한 소리를…….

헉

헉

헤이든?

벌컥

베일리!
헬렌!

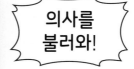

의사를
불러와!

어서!

네? 네!

끼아

뚝

뚝

급성 폐렴으로
보입니다.

정말로
나을 수 있는
거겠지?!

생명에
지장이 없는 게
확실해?!

일단 오늘
주사를 놓았으니
좀 더 지켜보도록
하죠.

전 내일 아침에
다시 오겠습니다.

부디 도련님을
성심성의껏
간호해주십시오.

당연히
그래야지!

너무
비관하진
마십시오.

끼익-

백작님 내외께서도
요즘 같은 환절기엔
주의하시고요.

탕...

······.

내가…
최근에
헤이든에게
당신 욕을
많이 했어.

아마도
그것 때문에
힘들었나 봐.
내 탓이야.

그게 아냐,
헤이든은…

마, 만약…
헤이든이 죽으면
난, 나는….

약한 소리 하지 마.
헤이든은
이까짓 병으론
안 죽어.

당신,
폐렴이 뭔지
모르는 거 아냐?!

왜

내가 그걸 왜 몰라?
내 외할머니도
폐렴으로
돌아가셨다고.

헤이든이 노인네야?
아니면 정말
헤이든이 죽길 바라?

……

당당할 수 있어서
참 좋겠군….

—마님?

왜,
나오미?

실은 제가
마님께
말씀 못 드린 게
있습니다.

뭔데 그래?

사흘 전
헤이든 도련님께서
쓰러지셨던 날,

도련님께서
제게 부탁하신 게
있습니다.

아무것도 묻지 말고,

도련님의 젖은 우비를 랜든 경이 머무는 오두막에 걸어 두라셨지요.

랜든 경이 잘 볼 수 있는 곳에 걸어 두라고요.

뭐? 헤이든이 왜….

이유는 말씀 안 하셨습니다.

다만 그날 새벽에 비가 많이 온 걸 생각하면,

제 생각에 헤이든 도련님께선 무슨 이유에선지 그 비를 맞으신 것 같습니다.

도련님께서 폐렴에 걸리신 게 그것 때문이 아닐까요?

물론,
말하려고 했지.

영리한 헤이든이
어떤 식으로
내게 경고했는지
말이야.

그런데
헤이든이
죽어간다길래,

천천히
말하기로
했지.

어쨌든,
랜든.

이제 더는
너랑 안 만나.

난 내 아들이 아픈 걸 보고 싶을 정도로 따분하진 않으니까.

숭고한 모성애로군.

철컥

……

…아.

쿡쿡,

참, 랜든.

쿡

…?

영원의 서약은
정말 웃겼어.

쿡

크흐흑,쿡

저벅

쿡쿡

저벅

저벅

쿡쿡쿡⋯.

스륵

흑

흑

…아빠?

!

으흑

끄윽,흑···.

헤이든?

정신이 든 거야?

이게 꿈은 아니겠지?

잠을… 오래 잔 것 같아요.

오래 잤어. 나를 내내….

헤이든…

내가…

아빠가… 잘못했다.

상처를 줘서 미안하다.

난 그저…

네 엄마가 네 앞에서 나를 비난하는 게 화가 나서

너조차 나를 경멸하게 될까 봐 두려워서…

변명하려던 것뿐이었는데….

미안하다….

내가 잠깐
미쳤던 거야.

다시는 네게
상처 주지 않으마.

그러니
제발

이렇게 아프지
말아 다오….

아빠….

아빠가 이렇게 우시는 건 처음 봐….

저는…

아빠의 소중한 아들이죠?

그렇단다.

넌 내 소중한 아들이자,

필데트의 명예로운 후계자이지.

그 누구도 너를 대신할 수 없어.

너는 나의 보물이니까.

마음이 편안해진다.

그래, 나는 랜든 삼촌의 아들이 아니야.

아빠도 제게 단 한 사람뿐이에요.

다른 누구도 대신할 수 없어요.

저는 아빠 아들이고 싶어요.

난 우리 아빠의 아들이야.

라니아.

오늘 수도로
복귀할 거야.
형님께 대신 전해줘.

한동안
못 올 거라고.

네?
강아지요?

그래. 일주일 전에
성 아래 바크 여관네 개가
새끼를 낳았다더구나.

가서
네 맘에 드는 놈으로
골라 오렴.
개를 키우고
싶어 했잖니.

하지만….

아빠는 개를
무서워 하시잖아요?

무, 무슨 소리.
그건 훈련받지 않은
개에 한해서야.

넌 똑똑하니까
훈련도
잘 시키겠지.

제가
잘 훈련시킬게요.

자신 있어요!

그래, 그래.

폐렴을 앓고 일주일 후.
나는 완쾌했다.

랜든 삼촌은
급히 수도로 떠났다.
아마 오래도록
안 돌아올 것이다.

사락

어머니도 더는
위험한 유흥을 즐기지
않으실 테지.

내가 남긴 메시지가
두 사람에게 무사히
전달되었다면 말이다.

나의 세계는

아무것도
변하지 않았다.

도련님,
자동차를
타보시겠습니까?

무서워서 싫어.
마차를 탈래.

덜그럭

덜그럭

어쨌거나,
이번 일로 나는
나의 약점을
확실히 알게 되었다.

그것은 바로

'백작가의 하나뿐인
정통후계자'라는
나의 위치다.

다그닥

다그닥

만약 이것이 또다시
흔들리게 되면,

나는 돌이킬 수 없이
무너질지도 몰라.

신이 나를
오만하다 여기고
벌을 주신 걸까?

제 5 화

The Unwelcome
Guests of
House Fildette

다그닥

다그닥

내가
헛것을 봤나?

방금 그 사람,
얼핏 보기에

아버지의
어린 시절 초상화와
닮았어.

옆에 있던 그 여자는….

설마….

나도 참
웬 과대망상이람.

아그리스는
번화한 곳이야.
내가 모르는 사람들이
엄청 많다고.

게다가 아빠가
다른 형제가 있을까
걱정할 필요는
없다고 하셨잖아!

딸깍

…역시 좀
바보같은
짓인가?

아니,
아니지.

난 그저
더 좋은 관계를 위해
노력하는 거야.

아무리 화가 나고
취했다지만,

해선 안 될 말을
했으니까….

께악

철컥

늦잠을 자 버렸어.
왜 안 깨운 거야?

늦잠 좀 자면 어때.
그간 헤이든을 간병하느라
고생했잖아.

그나저나,
따로 만나서
할 얘기라는 게
뭐지?

……

…헤이든이 봤어.

…?

…뭘?

헤이든이
아프기 전
새벽에,

나와 랜든이
함께 오두막에
있는 걸 봤어.

…가까이
지냈다?

설마 지금 내 동생과
불륜을 저질렀다고
말한 거야?

게다가 심지어
헤이든에게
그 장면을….

분명히
말해두겠는데,

나는
랜든과
안 잤어.

고작 두 번
만난 게 다야.

랜든이 대놓고 유혹하길래
나도 그냥 잠깐 랜든을
가지고 놀 생각이었어.

깨끗이
정리했고.

허!

당당하게
불륜을 고백하는 사람을
믿어야 할지 모르겠군.

정말이지,
어쩌면 이렇게
당당할 수가 있지?

다른 누구도 아닌
내 동생과 바람을 피우고선,
내게 일말의 죄책감도—

내가 왜 당신에게
죄책감을 느껴야 하지?

물론 헤이든을
놀라게 한 데에는
죄책감을 느끼지만.

…당신이 나한테 피해 의식 있는 거 알아.

그래, 내가 결혼 전엔 당신 말대로 철부지 어린애였을지도 모르지.

왜냐하면 당신이 …!

당신이,

하지만 결혼한 후로 난 단 한 번도 다른 여자와 부정을 저지른 적이 없어.

난 우리 가족에게 충실했다고!

내 옆에서 자니까….

우리한테 사랑 같은 건 없어도

우리는 항상 같은 침대에서 자니까,

그래서 난 …!

덕분에 난 가끔씩 침대에서 재밌는 걸 듣지.

땀을 뻘뻘 흘리며
로라, 로라,
애타게 그 이름을
부르는 것 말이야.

그런데 나더러
다른 여자가 없다는
당신 말을 믿으라고?

그, 그 여잔 그저
내 트라우마—

난 당신을
우습게 만들
자격이 있어.

당신이 날
우습게 만드니까.

당신을
조롱거리로
만들 수만
있다면

난 얼마든지
당신 외의
다른 남자를
만날 수 있어.

그게 당신
동생이든,
친구든!

헤이든의 평판을 위해
참았을 뿐이야!
문제 없는 백작 부부인 척
했을 뿐이라고!

하지만
당신의 그 잠꼬대가
이젠 지긋지긋해서…!

……!

난 언제나
노력하고
있으니까.

그러니
감히 내게
훈계하지 마.

휙

끼익-

탕...

왜….

왜 하필
랜든이야….

또각

또각

아,
나오미.

필요하신 게
있으십니까, 마님?

헤이든이 오랜만에
아그리스에 갔어.

네. 강아지를
보러 가셨지요.

혹시 제가
살필 일이라도
있을까요?

요즘 아그리스의 민심이
뒤숭숭한 것 같아.

내가 책 읽는 덴
재능이 없어도
분위기는 잘 읽어내거든.

마님께서는
현명하십니다.

도련님께
해가 없도록
주의하여
살피겠습니다.

바크 5번가는 오랜만인걸.

자주 내려오세요. 아그리스에서 그나마 사람들이 도련님 얼굴을 아는 곳이니.

저 녀석 루크 아냐?

그럼 루크 옆에 있는 사람은?

수근

수근

…루크, 내가 너무 예민한 걸까?

왠지 사람들이 심기 불편해 보여.

금주령 때문이겠죠.

일이 끝나면 술집에서 거나하게 한 잔 하는 게 낙이었는데,

그게 없어졌으니 다들 불만이 이만저만이 아닐 겁니다.

금주령은 북부 지방의 기근 때문에 국왕께서 영주들에게 권하신 거잖아.

아예 따르지 않을 순 없는 일이고,

우리 영지는 아빠 재량으로 집에서 포도주 정도는 마실 수 있지 않아?

그게….

얼라리?!

우리 꼬마 도련님 오셨구먼!

강아지 보러 온 게지?

와아….

너무 가까이
가진 말고.
애가 겁이 많거든.

다들 너무 작고 사랑스러워….

크, 크흠.

어미 개가
이 많은 새끼들을
돌보느라
고생하는군요.

지금 당장
한 놈 골라도 되겠지만,
좀 더 젖을 먹이는 게
좋겠는데?

저도
그렇게 생각해요.
아직 너무 작으니,
어미랑 같이 있어야…

…?!

어?!

저 강아지는
왜 젖을 안 먹죠?

흠.

추ㅡ욱

사실 이 녀석은
다른 어미가
낳은 새낀데,

요 녀석만 남기고
어미에 형제들까지
다 죽었거든.

그래서 젖동냥이나
하라고 됐는데…

늘 먹다 마는 게
오래 못 살 듯
싶구먼.

영 비실비실해선~

낑ㅁ

그, 그런 식으로
잡지 말아요!!
이리 줘요!!

너무 가여워…. 태어나자마자 어미에 형제까지 다 잃었다니….

이 아이는 제가 데려가겠어요!

정말로? 더 건강한 놈으로 데려가는 게 낫지 않겠어?

도련님, 그놈 이리 줘 보십쇼.

제가 요놈을 잘 먹여서 토실하게 만들겠습니다.

저는 죽어가는 새끼를 살려본 적이 많거든요.

웃챠

수컷이네요. 도련님은 요놈 이름이나 지어 주세요.

고마워, 루크! 이름은 토비야! 오래전부터 이미 정해뒀거든!

하하, 토비 녀석! 너 운 좋은 줄 알아라!

정말이야?

그럼요. 제가 마부의 아들이라고 말만 잘 다루는 게 아니랍니다. 저만 믿으세요!

아니, 이게 누구야!

딸꾹

딸꾹

헤이든 도련님 아니신가?

금주령으로 주류 판매는 불가능할 텐데요?

그게… 엄연히 말하자면 내가 판 건 아니고 이 작자가 들고 온 거라….

창고 청소 중 우연히 위스키 한 병을 찾았는데 도저히 참을 수가 없어서 말이지.

집구석에서 먹자니 마누라 얼굴 때문에 술 맛이 뚝 떨어지지 뭐야.

아무튼 금주령 전에 산 거니까 좀 봐주쇼, 꼬마 도련님.

움찔

아그리스는 백작님의 아량으로 포도주에 한해 집에서 마시는 건 용인해주고 있어요.

다음부턴 주의하세요.

이봐,
그만 하지?

아무리 불만이
많대도 그렇지,
어린 도련님 상대로
뭐 하는 거야?

씨익—

그나저나,

이상한 소문이
하나 돌던데?

저런 꼬맹이가
필데트 백작의
후계자라니.

나름
영특하다던걸.

그래봤자
저 잘난 줄만 아는
애송이겠죠.

가짜 주제에.

제 6 화

The Unwelcome
Guests of
House Fildette

그나저나,

이상한 소문이
하나 돌던데?

우리 귀여운 도련님이
실은 백작님 핏줄이
아니라더군.

이 자식이!

퍽

루크!

쿨럭

술주정도
정도껏 해야지,
어딜 감히!

비틀

비틀

술 처먹으니까
뇌가 밖으로 나왔어?
어?

왜

윽

피식

그도 그럴 게
백작이랑은
닮은 구석이 없잖아.

오히려 랜든이랑은
꽤 닮은 구석이 있지.

저딴 저질스러운
가십거리에
마음이 흔들린다면,

나는
후계자로서의 자질이
없는 거야.

예.
그렇지요.

베스 부인이
책임 지고 저자를
치안대에 넘기도록 해요.

꽈악

이만 돌아가자,
루크.

네, 도련님.

아무리 금주령으로
불만이 많다 해도
대놓고 내 앞에서
모욕을 준다는 건

그런 헛소문으로 인해
필데트 백작가의 권위가
떨어졌다는 뜻이야.

도대체 누가
이런 악의적인 소문을
낸 거지?

어머니를 모욕한 자들을
꼭 찾아내서 벌주고 말겠어.

도련님, 토비 꼭 안고 타세—

루크, 나 서점에 좀 다녀올게! 토비를 부탁해!

예?

안 됩니다! 방금 그런 일이 있었으니 제가 같이 가야죠!

서점 주인은 날 아니까 걱정 마!

금방 돌아올 테니 토비한테 따뜻한 우유 좀 줘!

따앗

틀림 없어.

그 사람들, 날 지켜보고 있었어!

탁

탁

두리번

두리번

내가 정말
환영이라도 본 건
아니겠지?

딸랑

어머,
헤이든 도련님!
오랜만이에요!

그러잖아도
도리안 체스터
신작이 나와서
연락드릴까 했어요!

와!
정말—

수군

헤이든?

혹시,
그 소문요?

수군

에이 동명이인이겠지
너무 어려보이는데

실물 본적
있어?

그 가짜 후계자.

뭐? 가짜?
정말이야?

그렇다니까.

진짜는
따로 있대.

도리안 체스터
신작 있나요?

깜짝이야…
백작님을
쏙 빼닮았네.

아, 네.
도리안 체스터의
신작이라면—

어쩌죠?

방금 제가
마지막 한 권 남은 걸
사기로 했거든요.

마을에 떠도는
이상한 소문,

그리고 아버지와
꼭 닮은 소년….

…이런,
이 근방에
서점이라곤
이곳뿐인데.

책을 사러
멀리까지
나가야겠군요.

그러실 필요 없이
제가 양보하겠습니다.

대신 괜찮으시다면
두 분과 차를 마시고
싶습니다만.

아무래도
저 두 사람,
뭔가 수상해!

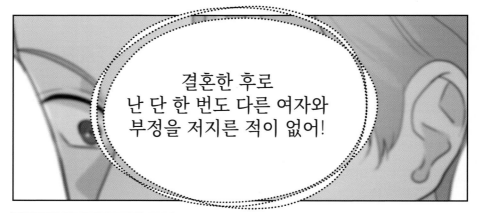

결혼한 후로
난 단 한 번도 다른 여자와
부정을 저지른 적이 없어!

베네딕트는
적어도 거짓말은
안 하는 사람이라고
생각했는데

내가 틀렸던 걸까?
어떻게 생각해,
나오미?

주제 넘은
소견이지만,

주인님께선
없는 말을 지어내지 않는
신의 있으신 분입니다.

오히려
너무 솔직하셔서
종종 속내를
내비치시는 게
탈이지요.

그래, 정말 바보 같은 남자야.

어쩌면 그이 말이 사실일지도 몰라.

하지만 그러면 뭐 해?

베네딕트는 여전히 로라를 찾아.

나오미,

내가 이걸 참아야 할까?

저는 헤이든 그루먼드 필데트입니다.

귀한 시간 내주셔서 고마워요. 브롭 부인, 브롭 씨.

편하게 로라, 펠릭스라고 불러도 괜찮아요.

…로라 브롭 부인.

설마 정말로 과대망상이 아니었다니.

제발 다른 불길한 예감은 틀리면 좋겠지만.

이 두 사람은 영지에 떠도는 소문과 관련되었을지도 몰라.

전 당신이
누군지
알 것 같아요.

오래 전에
필데트 백작가에서
독서 교사를
한 적 있죠?

저 두 사람이
무슨 속셈인지는 몰라도
그냥 두면 안 될 것 같아.

…설마 귀여운 꼬마 신사분께 취조를 받게 될 줄이야.

전 초코 아이스크림이나 사줄 생각이었—

전 필데트 백작가의 후계자입니다.

……

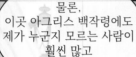

물론, 이곳 아그리스 백작령에도 제가 누군지 모르는 사람이 훨씬 많고

옛날과 달리 지금은 귀족이란 이유만으로 사람들이 우러르는 시대도 아니죠.

하지만 여전히,

백작령엔 아버지의 손길이 미치지 않은 곳이 없어요.

그리고 저는, 우리 영지가 필데트의 가호 하에 언제나 평화롭기를 바랍니다.

푸흐흐
흐흐 쿡..

풉

크흑...

당신의 예민한 감이
말해주고 있나 보죠?

쿡쿡

여기 있는 이 펠릭스가
베네딕트의 아들이라는걸.

아, 아뇨.

전 단지
불편한 오해가
생기지 않을까….

드륵

이만 돌아가자,
펠릭스.

이런 무례함을
더는 참을 필요
없단다.

귀여운 동생이
생기길
바랐는데.

이렇게
무례하고
천박할 줄은.

꽈악

내가…
내가 지금
무슨 행동을
한 거지?

아빠가 아시면
실망하실 거야.

만약
저 두 사람이
하는 말이
사실이라면,

두 사람이 저택으로
찾아오기라도 하면,
나는….

저기,

잠시만요,
브롭 씨.

cafe
sempre

제 7 화

아그리스, 그것도
바크레이 거리에서
암살 시도라니!

치안 경찰들은
도대체 뭐 하는 거야?

그나저나
백작의 아들은
처음 보는군.

그러게.
이 사건과
관련 있나?

그 둘은
외지인인 것 같지?
백작 아들하고는
무슨 사이일까?

후우…….

나 저 여자 누군지 알 것 같아.

어디서 많이 봤다 싶었는데… 틀림 없어. 저 여자, 로라야.

예전에 고아원에서 교사 노릇하던 사생아.

아…? 혹시 그?

맞아.

그 왜, 그런 소문이 있었잖아. 젊은 백작에게 결혼을 앞둔 처녀를 갖다 바쳤다던.

큭큭

사람들은 다 백작이 바람둥이라고 했지만,

소곤

저 여자가 떠들어대는 말로는,

여자들이 백작을 이용한 거래.

소곤

백작의
거기를….

예에?

쿡쿡

처녀들이
젊고 파릇한 백작을
가지고 논 거라나?

누군들 싫었겠어.
예나 지금이나
잘생겼잖아.
나라도—

어머,
천박해라!

그게
사실이라면,

백작님이
너무 불쌍한걸요.

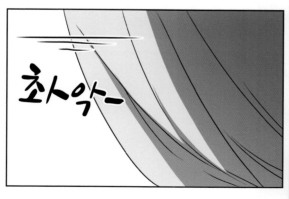

츠아악—

!

드륵

수술은
잘 끝났나요,
선생님?

네,
브롭 부인.

수술은
별 탈 없이
끝났습니다만.

회복하신 후
꾸준한 재활은
필요합니다.

오, 세상에.
감사합니다.

데런,
수술은
잘 끝났나?

예, 그렇습니다만,
마취에서 완전히 깨어나려면
좀 더 시간이 필요해서요.

브롭 부인과
먼저 이야기하시죠.

…수술이 잘 끝났구나.

다행이기는 하지만….

앞으로 저 두 사람은
어떻게 되는 거지?

설마 이대로
범인을 잡을 때까지
아그리스에 머무는 걸까?

경감님,
제가 충분히
말씀드렸잖아요?

누가
이런 일을 벌였는지
알 것 같다고요.

…?

뭐야,
왜 나를 보면서….

이봐요,
브롭 부인.

브롭 부인의 말은
거의 망상에 가까운—

저는
진실만을 말할 것을
신께 맹세합니다!

여기 있는
여러분 모두가
증인이 되어 주시길
바랍니다!

왜 저래?
병원에서

하아...
살인 미수
사건만 아니었어도

한 시간 전
총상을 입고 실려온
제 아들 펠릭스는
명백한 필데트 백작가의
장남입니다!

비록 사생아라
할 지라도요!

저는 오랫동안 숨겨온 이 진실을
조만간 백작가에 알릴
생각이었습니다.

하지만 우리는
그 제안을
단칼에 거절했죠.

이런 상황에 대비해
도련님께서
살해를 청부하신 건
아닐는지요?

그게 무슨!

솔직하게
말씀해보세요.
언제부터 저희를
미행하며
조사하셨죠?

아니에요, 전!
전 전혀 모르는
일이에요!

부인, 아까도
말씀드렸다시피
이미 후계자이신
헤이든 도련님께서

굳이 사생아를
살해할 명분이
없기 때문에—

적법한 후계자이시기에
사생아 따위는
두려울 리 없으실
도련님께서,

어째서 저희에게
집 한 채는 거뜬히 살
큰 돈을 주겠다셨을까요?

글쎄요―

마을에 떠도는
소문에 의하면
도련님은 그 사생아조차
못 되는 입장인 듯한데―

브롭 부인!
방금 그 발언으로
모욕죄가 성립할 수도
있어요!

죄송하지만
나가서….

이상하잖아요?

난 도대체 왜 그런
충동적인 행동을 했을까?

도대체 무엇이
그렇게 두려워서

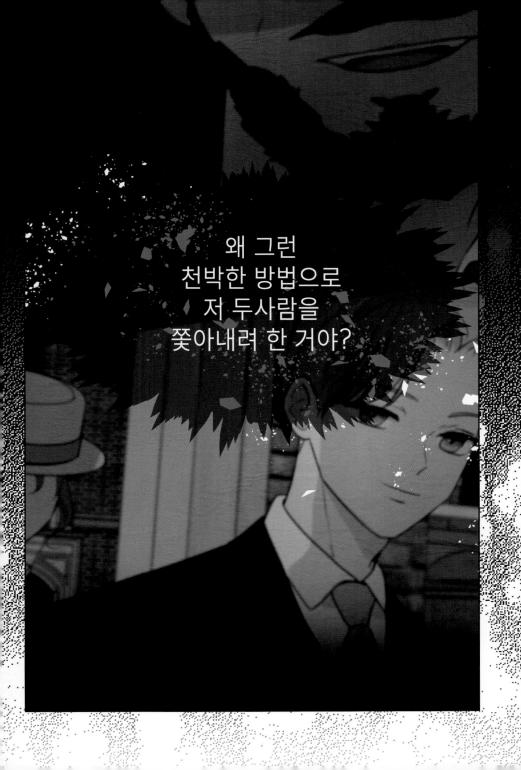

…어쨌든 저는 도저히 의심을 거둘 수가 없네요.

정말 그런거야?

돈을 주고 쫓아내려 했다고?

도련님의 그 무례하고 거만한 행동으로 알 수 있어요.

신분이 높다는 이유로 그렇지 않은 자들의 생명과 권리를

함부로 쥐락펴락 할 수 있다고 믿는 게 분명하다고요!

사람들 앞에서 내게 망신을 주려는 걸까?

아니면 사람들이 나를 싫어하게 하려고?

말하는 모양새가 꼭 선동가 같군.

여긴 병동입니다, 부인. 이제 그만—

벌컥

!

헉

헉

아, 아빠!

헤이든!

성큼

헤이든….

성큼

소식 듣고
아빠가 얼마나
놀랐는지 알아?

어디
다친 덴
없고?

울컥

아…
아빠….

으…흑…

아빠가 와서
안심이 되면서도,

그래, 아빠야.
많이 무서웠지?

이제 괜찮아.
나쁜 놈들은
아빠가 꼭
잡을 거란다.

무섭고 불안한 마음이 들어.

우리 가족의
보물이었는데.

제 8 화

…내가 이런
일곱 살 어린애 같은 생각을
하고 있다니!

네 아들이
총에 맞았다고…?

그럼 이번 사건의
피해자가….

저런,

이런 일에
휘말리다니,
참 안됐군.

저벅

저벅

이름은
펠릭스예요.

……

제 하나뿐인
아들이고,

당신의
아들이기도
하죠.

베네딕트,

전 이 아이가 당신의 저택에서 치료받기를 원해요.

당신이 펠릭스를 지켜줘야 해요, 베네딕트.

로라, 갑자기 이 무슨 말도 안 되는—

아빠.

헤이든,

아니란다. 이건….

오셨습니까, 주인님.

나오미, 갑작스럽게 손님이 오게 됐어.

지금이라도 만찬을 준비할까요?

아니, 그럴 필요 없어.

두 사람이 머물 방을 준비하고, 간단한 식사만 보내주면 돼.

한 명은 환자이니 부드러운 음식으로.

라니아는 어딨지?

마님께선 지금 경감님과 통화 중—

저벅...

저들에 대해 묻지도 알려고도 하지 않길 바라네.

아무도,

잘한 선택이겠지?

결국 저들이 원하는 대로 해 준 셈인데…

대충 봐도 누군지 뻔히 알겠는걸.

글쎄?

또각…

아무것도 묻지 말라고?

…헤이든이
저 두 사람 일로
사람들이
수군거리는 게
싫다더군.

그래서
데려왔어.

몸이 어느 정도
회복하기만 하면
바로 내보낼 생각이야.

그래서,

저 여자가
당신이 꿈에 그리던
'로라'가 맞는 모양이네?

……

당신 뭔가
착각하고 있는 것 같은데,
로라는 그저—

딸려온 자식이
당신을 꼭 빼닮았던데?

당신 어린 시절
모습이라 해도
믿겠어.

그 애는
내 아들이 아니야.

......

옛날의 내가
아무리 망나니였다 해도
결혼 전에 사생아나 만드는
멍청이는 아냐.

예나 지금이나,
난 사생아라면
치를 떠는 사람이라고.

......

믿으라고
하는 소리야?

난 적어도 당신이
거짓말은 안 하는
사람인 줄 알았어.

당신이
손톱만큼이라도
날 좋게 평가했다니
놀랍군.

당신이
믿건 말건
상관없어.

헤이든을 위해서라도
이 일은 내가 알아서
처리할 테니까.

…그리고,

이제 당신에겐
날 비난할 자격이
없지 않나?

원하는 대로
헤이든의 좋은 어머니
노릇이나 해.

나 역시
그 외에는,

당신에겐 아무것도
기대하지 않을 테니.

탕...

…기대?

…지금까진 내게
어떤 기대를 했길래.

들어오세요.

뚝뚝뚝

끼익

아!

고마워요,
베네딕트.

여러모로
신경 써 줘서.

…나오미가 매 끼니
식사를 제공할 거고,
의사가 하루 한 번씩
드나들 거야.

베네딕트,
아들 얼굴 정돈
좀 보는 게―

내 아들이라고
하지 마!

난 결코
인정하지
않을 거니까!

그리고 일주일 후에
지체없이 아그리스를
떠나도록 해.

이건
경고야.

빌어먹을,
네 남편은
어떻게 된 거야?!

죽었어요.

펠릭스를
낳기 전에.

불행인지
다행인지.

남편이 살아 있었다면
아마 펠릭스가
다른 남자의 아이일 거라
의심했겠죠.

······.

두 분 다 싸우지 마세요.

모처럼 오랜만에 만나셨는데….

펠릭스, 시끄럽게 해서 미안하구나.

전 괜찮아요.

백작님께서 당혹스러워하시는 것도 화를 내시는 것도 당연해요.

그래도 어머니, 솔직하게 말씀드리세요.

우리는 원래 여기까지 올 생각이 없었잖아요.

그저 계획이 갑작스레 바뀌었을 뿐이죠.

계획이 바뀌었다고?

도대체 계획까지 짜가면서 무슨 일을 벌일 속셈이었지?

원래 저는 아그리스 인근의 페넌트에 있는 기숙학교에 입학할 예정이었어요.

하지만 막상 아그리스에 도착했을 때 제가 어머니의 고향을 둘러보고 싶다고 우겼어요.

아그리스 역에서 내려 차로 곧장 페넌트에 갈 계획이었죠.

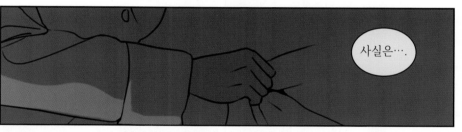

사실은….

우연히라도,

멀리서라도 아버지를 한 번 보고 싶었을 뿐이지만….

전 항상 아버지를 뵙고 싶었지만 어머니께서 그러지 못하게 하셨어요.

아버진 고향에서 가정을 이뤄 행복하게 살고 계시다면서요.

우리가 나타나면
그분의 행복을
깨뜨리는 거라고.

하지만 어머니는
종종 저를 위해
아버지 이야기를
하셨죠.

멀리서도
알아볼 수 있을 정도로
제가 아버지를
꼭 닮았다고요.

전 그 사실이
기뻤어요.

아버지가 없단 걸로
늘 놀림을 받았거든요.

어딘가에
저와 꼭 닮은 아버지가
존재한다는 것만으로도
큰 위안이 됐죠.

…그런데
아그리스에 도착했을 때,
충격적인 소문을
듣게 됐어요.

……

소문?

…헤이든이
당신 친아들이
아니라는 소문이요.

그 소문이
안 그래도 흉흉한 민심에
불을 지폈더군요.

나도 그런 소문 따위
믿고 싶지 않지만,

그게
사실이라면…

베네딕트 당신이
거짓 속에 살고 있단
뜻이니까.

……

난 당신과 다시 잘해볼 생각 따윈 추호도 없어요.

하지만 펠릭스는—

감히,

감히 내 아들과 아내를 모욕하지 마.

고작 가짜 사생아 따위를 들이대면서 말이야.

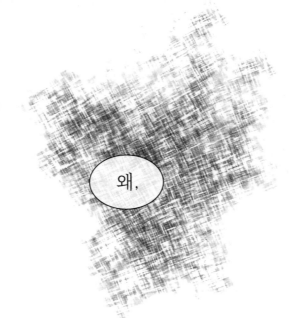

왜,

펠릭스를
가짜라고
확신하죠?

제 9 화

The Unwelcome
Guests of
House Fildette

왜 펠릭스를
가짜라고 확신하죠?

......

이유가
뭐든,

사기꾼들에게
친절히 알려줄
필요는 없지.

난 인정하지 않을 거고,

일주일 뒤에는 둘 다 아그리스 밖으로 쫓아낼 거니까.

게악

탕...

저벅

저벅

저벅

저벅

만약 소문이 사실이라면요?

헤이든이 당신 친아들이 아니란 소문이 사실이라 해도,

우리를 쫓아낼 건가요?

헤이든은
내 아들이자 후계자야.
내가 그렇게
정했으니까.

그러니 두 번 다시
이 집에서 그런 얘긴
꺼내지도 마.

만약 또
그 얘길 꺼내면
그땐 나도 가만 있지
않을 거야.

흐음,
친아들이 아니라도
괜찮다고 해석해도
되는 걸까요?

당신 참
이상한 사람이네요.
귀족들은 혈통을
중요시하던데.

그럼,

헤이든이
랜든의
아들이라면요?

아그리스 사람들이
다 그러던데요.

헤이든이,

당신보다
당신의 동생,
랜든을 닮았다고.

저도
그분을 기억해요.
제가 보기에도
헤이든은——

내가 분명
경고했을——

!

이게 무슨 짓…!

백작 부인께서
여긴 어쩐 일로?

라니아!

라니아, 오해야.
방금 건….

알아.

또각

또각

......

다
보였어.

내가 오는 걸 알고
일부러 그런 거.

계속 그런 식으로
어설프게
날 도발해 봐.

라니아,

누구보다도
빠르고 자비 없게
반응해 줄 테니.

......

당신도
처신 똑바로 하는 게
좋을 거야.

여기 바로 아래층이
하인들 머무는 곳이야.

뭐든
나오미를 통해 전달하고
앞으로 여긴 얼씬도 하지 마.

......

명심하도록
하지.

똑똑

저야
그렇다 쳐도,

귀부인께서
행동이 과격하고
천박하시네요.

여러모로
소문이
자자하시던데,

그중엔 귀부인께서
교양도 상식도 없는
무식한 사람이라는 말도
있더군요.

로라!

언제까지고
그 고귀한 신분으로
함부로 남을
하대할 수 있으리라
생각하세요?

아그리스 사람들이
다 그러던데요.

헤이든이, 당신보다 당신의 동생, 랜든을 닮았다고.

빵빵—

토비는
좋겠구나—

강아지로 태어나서
인생의 고달픔을
모를 테니까…

인생이
원래 쓴 법이죠.

오늘 저한테 처맞은
그놈이 지껄인
말도 안 되는 소문도
저 작자들이
꾸민 짓일 거예요.

사생아 주제에
감히 후계자 자리를
탐낸 거죠!

…루크 너도
브롭 씨가 진짜로
아버지의 친자인 것
같아?

이상할 건 없죠.
파이크 자작은
사생아가
다섯이라던걸요.

주인님을
상당히 많이
닮았기도 하고….

아차

무, 물론
사기꾼일 가능성도
크죠.

사람들 앞에서
도련님을
모함한 것도!

그 작자들 본성이
약삭빠르고,
계산적이고,
또—

갑작스레
찾아온 것도
이상하고,

총에 맞은 것도
분명 평소에
지은 죄가 많아서일
거예요!

저벽

도련님,
여기 계셨군요.

시간이 늦었으니
돌아가시죠.

본관 수리도
다 끝났으니
오늘 밤부터는
원래 쓰시던 침실에서
주무셔도 됩니다.

별말씀을요.

그렇구나.
그간 수고했어,
나오미.

저벽

저벽

나오미,

나오미는 원래
자작가에서 일했는데
엄마를 따라 온 거랬지?

네, 그렇습니다.
파르티아 전쟁에
참전했을 때를
제외하면…

이곳에서 일한지
10년쯤 되었군요.

나오미,
우리 부모님은
정말 단 한 번도
사이가 좋았던 적이
없어?

두 분은 늘
사이가 나쁜데
어떻게 내가 태어났는지
이해가 안 돼.

엄만 아빠를
결혼 전부터 싫어하셨고,
아버지는 심지어….

엄마랑 같이
잠자리하지
않으셨대.

쾌락을 얻거나
아이를 가질 목적으로
밤에 하는 그거 말야.

삐그덕

이건
나오미한테만
말하는 거야.

아빠가 농담하신 거겠지?
아니면 아이를 가질 방법이
달리 또 있는 거야?

보수적인 저로선
아직 어린 도련님과
이런 대화를 하기가
조심스럽군요.

난 어린애가 아니야!
벌써 12살이라고!

아이가 어떻게 생기는지
기본적인 지식 정도는
아빠가 알려주셨다고!

일단 남녀가 함께
밤을 보낸다는 건—

뽀뽀를 열 번 한 후
서로를 꼭 끌어안고
자는 걸 말해.

오랜 시간
서로의 온기를
주고받는 거지.

난 오늘 토비를 안을 때
쾌락을 느꼈어

물론 확률이 그리 높진 않아서

아이가 생기려면 특정 기간 동안 아주 여러 번 그렇게 해야만—

그만 설명하셔도 괜찮습니다.

상당히 구체적으로 배우셨네요.

......

......

저벽

저벽

저벽

괜히 나오미한테 물어봤나.

엄청 무뚝뚝해

마님께서는 아무리 화가 나도 언성을 높이시는 분이 아니잖습니까?

감정을 쉬이 내비치는 분도 아니시고요.

—다른 건 몰라도,

어? 어….

차분하게 독설을 내뱉으시지. 근데 갑자기 그건 왜?

그런데 마님께선 이상하게도, 백작님과 관련된 일 앞에선 쉽게 감정을 드러내시곤 합니다.

그건 아마도, 어쩌면 마님께서….

자제할 수
없을 정도로
끔찍하게

엄마가 아빠를
싫어한다고?

......

물론···
그럴 수도
있겠습니다만···.

아마 이번 일로
더 끔찍하게 아버지를
싫어하시겠지.

이게 뭐야.
나오미 때문에
더 심란해지기만
하고···.

그럴 의도는
아니었습니다만,
죄송합니다···.

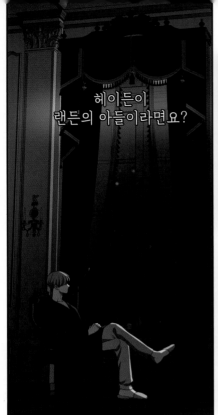

헤이든이
랜든의 아들이라면요?

노부인들께서, 제게서
돌아가신 할아버지의 모습이
보인다고….

제게는 사랑해 마지않는,
아주 아름다운 여성이 있답니다.

저는 고대하고 있어요.
그분과 영원의 서약을 할 순간을.

설마

이 개자식이
또….

제 10 화

The Unwelcome
Guests of
House Fildette

…아니, 설마. 라니아가 랜든을 가까이한 건 최근의 일이랬잖아.

헤이든이 설마 랜든의 아들일 리가….

헤이든이 랜든을 닮았단 건 분명 로라가 날 자극하려고 지어낸 말일 거야.

눈 색만 제외하면 헤이든은 라니아를 꼭 빼닮았지.

랜든 그 자식이 설마 또 내 가족을 더럽혔을 리 없다고.

탕‥

―병원에서 그러지 말았어야 했어요.

?

아무리 헤이든이 재수없게 굴었다지만, 그런 식으로 몰아세워선 안 됐어요.

백작님이 끔찍이도 아끼는 아들이니만큼 백작님의 반감을 살 수밖에요.

너무 성급하고 과한 행동 이었다고요.

내가 그러지 않았더라도 베네딕트의 반응은 똑같았을 거야.

아니면 설마

갑자기 찾아온 다 큰 사생아를 환영이라도 해줄 줄 알았니?

펠릭스,
우리 계획의
첫 단계가
뭐지?

네 존재를
확실히 보여줘서
헤이든의 입지를
좁히는 거잖아.

그래, 내 행동이
좀 억지스럽게
보였을지도 모르지.

하지만 병원에 있는 사람들은
대부분 지루하고 따분하게
마련이야.

그렇다 보니
이런 자극적인 이야기에
남들보다 더 크게 반응하지.

내가 병원에서
한 말들이,

기존에 떠돌던
헤이든에 대한
악질적인 소문에
덧붙어

더 자극적으로
멀리멀리 퍼지길
바랐을 뿐이야.

그리고,

아들이 총에 맞았는데
차분한 편이 더
이상하지 않겠니?

얼굴은 또
왜 그래요?

설마
맞았어요?

아….

그런 거 아니니까
신경 쓰지 마.
그냥 실수였어.

나도 내가
왜 그런 짓을 했는지
이해가 안 되니까….

찝찝해서
도저히
안 되겠어.

브롭 씨에게
사과하는 김에
확실하게 말해둬야지.

브롭 씨가 총에 맞기 전
내가 브롭 씨의 팔을
잡아당겼단 사실을 말이야.

내가 진짜 브롭 씨를 살해하려
했다면 그러지 않았겠지.

어쩌면 브롭 씨는
내 덕에 살았을지도….

철컥

어,
아빠다!

아빠!

헤이든!

그러잖아도
네 방에 가려던 참이란다.
이 시간에 왜 나와 있니?

그게…

브롭 씨와
브롭 부인에게
할 말이 있어서요.

오늘 일에 대한
사과도 해야 하고….

아니, 굳이
사과할 필요
없단다.

물론 사람을 돈으로
움직이려 한 건
무례한 행동이야.

하지만 저들도 네게
무례하게 굴었잖니.

아빠는 네 마음
충분히 이해해.

늘 가족을 위해
애써온 너이니만큼
무척 불안했겠지.

또 힘든 일을
겪게 해서
미안하구나.

—헤이든,

바보 같은 실수를
하긴 했지만,
그래도 난 정말
너를 소중히 여긴단다.

그러니 이번 일은
혼자 해결하려
애쓰기보단
날 믿고
내게 맡겨주렴.

일주일 후에 저들을
여기서 보낼 거야.
네게도, 네 엄마에게도
상처 주지 못하도록.

아그리스에 떠도는
이상한 소문도
아빠가 잘 해결하마.

…저도 아빠를
소중하게 생각해요.

아빠를
믿을게요.

네 말이 이렇게나
힘이 되는 날이
올 줄은 몰랐어.

옛날엔 정말
조그마했는데,

언제 이렇게
커 버렸는지.

......

오늘 같은 날은
나랑 같이 자고 싶지
않을 줄 알았는데?

......

오늘만 그러겠어?
별로 새삼스럽지도 않아.

아—
그렇군.

당신,
생각보다 훨씬 더
참을성이 있네.

평판을 위해
싫어하는 남자와
10년 넘게
한 침대를 쓰다니.

……

혹시라도 이 집에서
그 여자랑 헛짓거릴
했다간 —

안 해.

로라도 다시는
엄두조차 못 낼걸.

거짓말
하지 마!

왜 하필
랜든이야?

바람을
피울 상대라면
다른 사람도
얼마든지 많잖아.

당신이
알게 되었을 때,

당신이
제일 비참해할 것
같았어.

…그렇군.

생각보다
나를 잘 아네.

지친 하루가 지나가고
낯선 밤이 찾아온다.

앞으로 어떻게
흘러가게 될까?

딱 일주일만 참으면
저들이 저택을 나가
아그리스를 떠나고

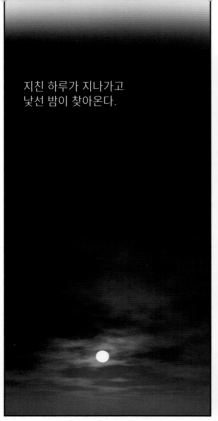

아무 일도 없었던 것처럼
다시 평화가 찾아올까?

참, 브롭 씨를 쏜
범인도 잡아야지.

사람들이 나를
오해하는 게 너무 싫어.
이런 불명예는
깨끗이 씻어내야 해.

모든 게 원래대로 돌아갈 거야―

내게는
나를 사랑하는
아빠, 엄마가 있으니까.

도대체
새벽부터 뭐야?

그리고 난
외과 의사야.

정신과 의사
취급하지 말랬지!

데런 너도 10년 전엔
정신과 의사였잖아.

자질이 부족한 나머지
찾는 손님이 하나도 없어서
빈털터리였긴 해도.

그럼 제대로 된
정신과 의사한테 가!

그러다 필데트 백작의
정신이 이상하단
헛소문이라도 돌면?

진료라고
생각하지 마.
그냥 친구의
고민 상담을
해준다 쳐.

때론 오밤중에도
친구를 도와줄 수도
있는 거 아닌가?

그 친구가 네게
집도 주고
병원도 지어 줬는데.

새벽 네 시에
말이지.

심지어 그 병원이 매년
엄청난 적자를 내도
군말 없이 거액의 투자를
해주기까지 했고.

그게 다
아그리스의
의료 복지를 위한—

이번에 네가
제출한 예산서에
응급차 두 대가
있던데,

기존에 있던 건
얻다 팔아먹었지?

사고로
부숴먹었다, 왜

데런 박사의
고민 상담소는
24시간 열려 있는 걸로.

……

데런,
혹시 기억해?

내가 널
처음으로
찾아왔을 때.

그때 데런 네가…
그… 병으로
진단했지.

……

'심인성 지루증'.

이걸 무슨 입 밖으로
꺼내지도 못 할
천박한 단어인 것처럼
여기지 말라고.

10년도 더 된
일이긴 한데….

내가 여자들이랑 잘 때
약간의… 문제가 있어서
네게 상담했잖아.

이 콧대 높은
귀족 양반아!

조루면
쪽팔리기라도 하지

아무튼
그날 네가,

그 증상은
심리적 요인에 의해
나타나는 거랬지.

그래,
내가 판단하기엔
그랬어.

넌 사생아에 대한
지극히 극단적인 혐오를
품고 있었지.

내가
은연 중에…

사생아를
만들고 싶지 않다는
극도의 강박을
느껴서라고.

병리적으로,
극도의 불안감과
공포가

사람의 감각을
차단하는 경우는
생각보다 흔해.

내가 그런 상태인데
여자를 임신시킬 수
있을 리 없잖아.

당시의 나는 그저
로라를 자극하려
했을 뿐이야.

결단코
내 아내가 아닌 여자에게
무책임한 욕정을
풀고 싶지 않았다고!

하늘에
맹세컨대,

난 결혼 전에
그 어떤 여자와도
끝까지 한 적이 없어.
단 한 번도.

흠….

사실 나도
그 여자가
병원에서 한 말이
좀 의아하긴 했어.

하지만 깔끔하게
결론을 말하자면,

가능성이
아예 없는 건
아니야.

그렇기는
한데….

▶ 2권에 계속